a menina

Para Leo e Nina, que nos fazem perder e achar o fio da meada.

do fio

Stela Barbieri e Fernando Vilela

wmf **martinsfontes**

4

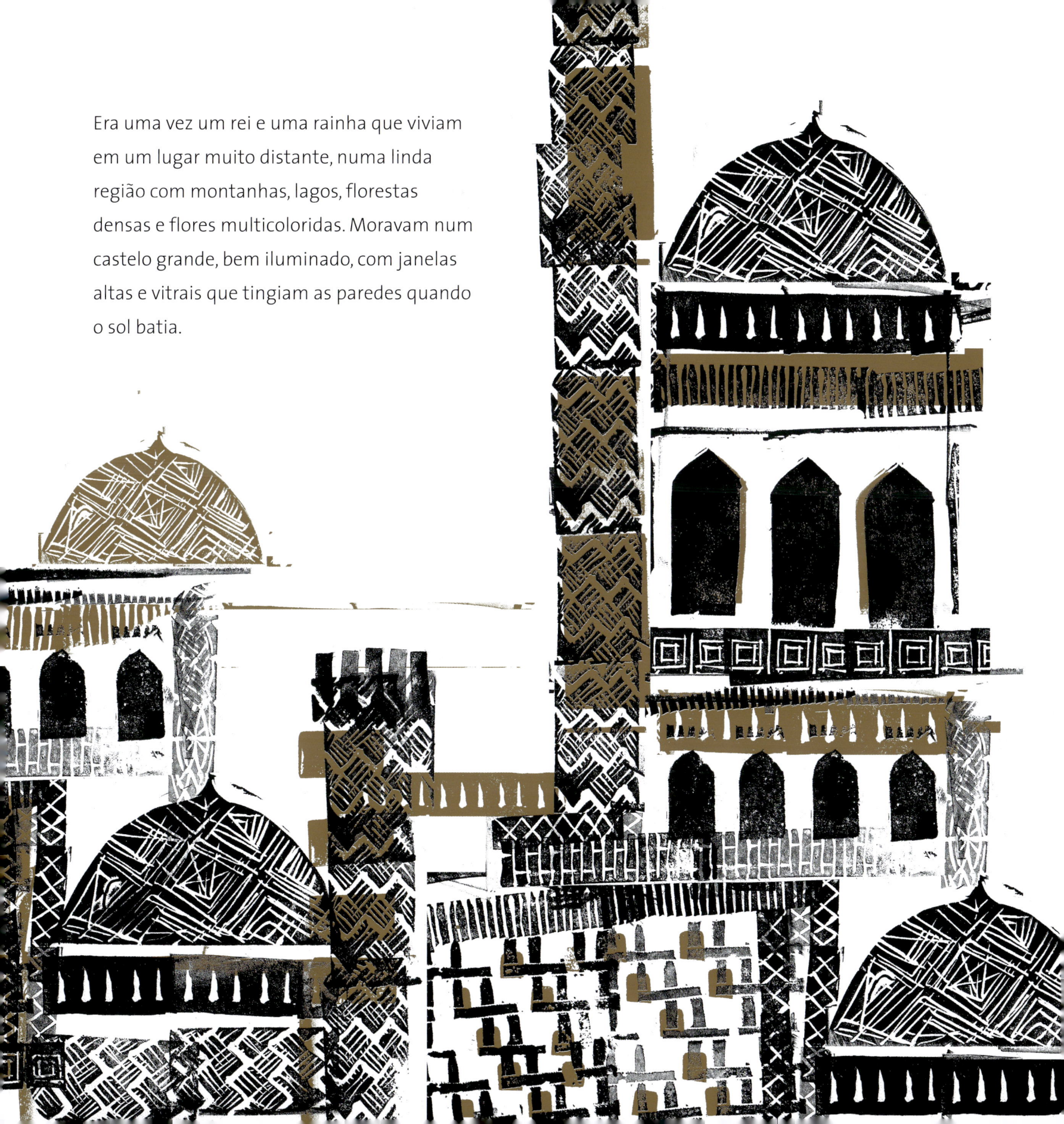

Era uma vez um rei e uma rainha que viviam em um lugar muito distante, numa linda região com montanhas, lagos, florestas densas e flores multicoloridas. Moravam num castelo grande, bem iluminado, com janelas altas e vitrais que tingiam as paredes quando o sol batia.

Um belo dia, o rei e a rainha tiveram uma filha: uma menina radiante como o sol. Seus olhos brilhavam como dois diamantes e seu rosto era delicado e alegre. Mas a pequena princesa tinha um probleminha: um fio diferente, que saía do meio da sua cabeça – e não era um fio de cabelo. Com o passar dos dias, ele foi crescendo e crescendo... A rainha, muito espantada, comentou com o marido:

– Que estranho! você reparou nesse fio na cabeça da nossa filha? Ele é mais duro que os outros!

O fio era mais resistente que o aço, mais luminoso que o ouro e mais comprido que o firmamento. E começou a se enroscar em todos os lugares. A menina foi ficando mal-humorada, triste e rabugenta. Quando a mãe a pegava no colo para amamentá-la, o fio se enroscava na cadeira. Quando a rainha e as mucamas iam lhe dar banho, o fio se enroscava na maçaneta da porta. Elas tentavam desenroscá-lo, mas era muito difícil! Quanto mais puxavam, mais ele se enrolava.
Aquele fio era um problema!

9

Conforme os dias foram passando, o fio continuou crescendo e se enroscando nas coisas. Como era muito fino, mais fino que um fio de cabelo, ninguém conseguia desembaraçá-lo.

O fio se enroscava em cadeiras, galhos de árvores, orelha de pessoas, lampiões. Enroscava-se em casas, plantas, rodas de carroças... Enroscava-se em estribos de cavalos, pés de cadeiras de balanço, portas e janelas das casas... Por onde a princesinha passasse, lá ia o fio se enrolando.
E a menina sentia uma baita dor de cabeça!

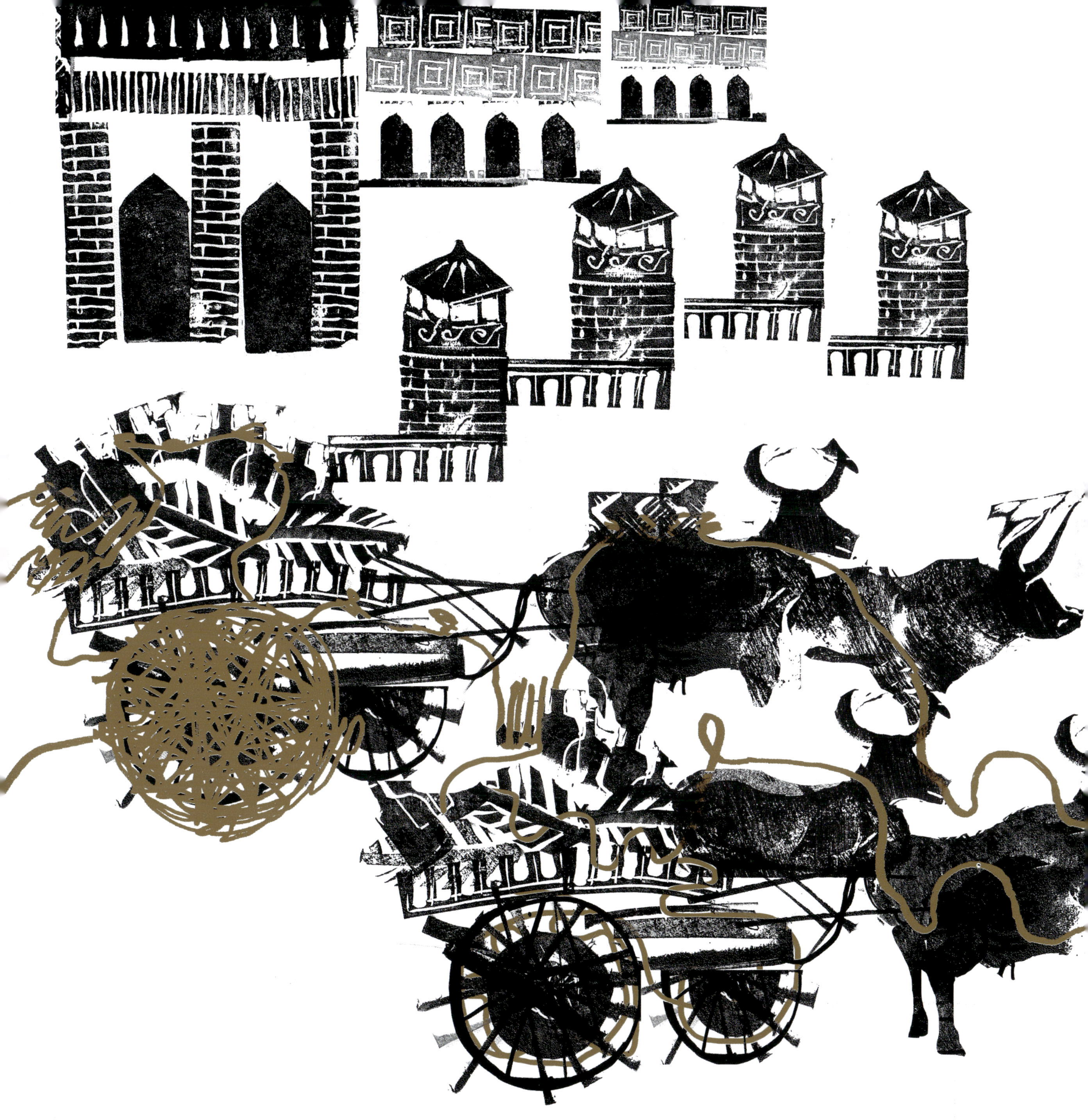

O rei e a rainha tentaram tirar o fio da cabeça da filha de todas as maneiras: tentaram cortá-lo com uma grande tesoura, serrá-lo com um serrote, arrancá-lo com um alicate, puxá-lo com força... Mas a menina chorava, chorava, e o fio não soltava. Como não conseguiam resolver o problema, decidiram pedir ajuda aos mais sábios homens. Chamaram curandeiros, padres, doutores, magos, até matemáticos!

Perguntaram a todos da região, mas ninguém conseguia dar uma ideia que ajudasse. Desanimados, resolveram sair pelo mundo em busca de uma solução.

Viajaram muitos e muitos dias. O rei, a rainha e a princesinha deram oito voltas ao redor do mundo, perguntando a todos que encontravam se conheciam alguma solução para aquele enorme problema que tanto os afligia.

Enquanto isso, o fio continuava crescendo... e se enroscava cada vez mais!

Como ele se prendia em tudo, a cabeça da princesa era puxada para trás, e ela gritava sempre, reclamava de tudo, tudo a incomodava. Os pais não sabiam mais o que fazer.

Mas eles não desistiam! Andaram muito, consultaram nobres e sábios, camponeses e serviçais, cavaleiros e cavalheiros. Por fim, como não conseguiram resolver o caso, voltaram para casa bem desapontados.

A princesa tornou-se uma linda moça. Todos os rapazes queriam conhecê-la e admirar sua beleza. Quando se aproximavam, logo ficavam apaixonados e desejavam se casar com ela. O rei e a rainha sonhavam que, se isso acontecesse, quem sabe a filha pudesse ser feliz...

Nas portas do castelo, havia filas e filas de rapazes com lindos e extravagantes presentes. Eram baús e mais baús, mas ela nunca ficava alegre ou satisfeita. Ao contrário, esbravejava:

– Não quero isso! Que joia mais horrorosa! Não quero esse vestido de seda! Nem esse sapato vermelho! Não quero esse brinco, nem esse ouro!

Gritava com todos e humilhava seus pretendentes:

– Seus cabeças de minhoca! Saiam já daqui! Seu nariz de batata! Seu fedorento, horroroso!

Mas eles continuavam visitando o castelo, encantados com a beleza da princesa, apesar de nenhum pretendente conseguir agradá-la. Os pais ficavam arrasados ao vê-la ainda mais mal-humorada e infeliz.

Um dia, apareceu no castelo um rapaz muito simples, que carregava nos ombros uma pianola na qual tocava lindas músicas, e nas mãos trazia um aquário com uma carpa dourada. O rapaz entrou no castelo e foi até o jardim, onde a princesa estava. Quando se aproximou, seus olhos brilharam. Nunca tinha visto uma moça tão linda! Ofereceu-lhe a carpa, sentou-se à pequena pianola de carvalho e começou a tocar.

Mal ouviu o som, a jovem esbravejou:
– Que música medonha! Não gosto! Não quero esse peixe, detesto cheiro de peixe!

O rapaz ficou muito triste. Colocou a pianola nas costas, pegou o aquário e saiu do castelo. Foi andando pela estrada, se perguntando o que havia de errado com a princesa. Por que ela tinha sido tão rude com ele?

Enquanto caminhava, lembrou que todos diziam que ela era triste e mal-humorada assim por causa de um fio duro e reluzente que se enroscava em todos os lugares por onde passava. E pensou: "Vou segui-lo e soltá-lo para que ela possa ser feliz. Ele fica dando puxões doloridos na cabeça dela o tempo todo. Ninguém pode se sentir bem assim!"

21

Então, ele voltou ao castelo e passou a seguir o fio. Encontrou-o saindo do alto da escadaria do Salão Real.

23

Segurando o fio com cuidado, ele foi acompanhando seu percurso até chegar à floresta, onde o fio estava enroscado nos galhos.

Subiu nas árvores, desenroscou-o galho por galho, depois desceu, desembaraçando-o de todos os arbustos com a maior dedicação e paciência.

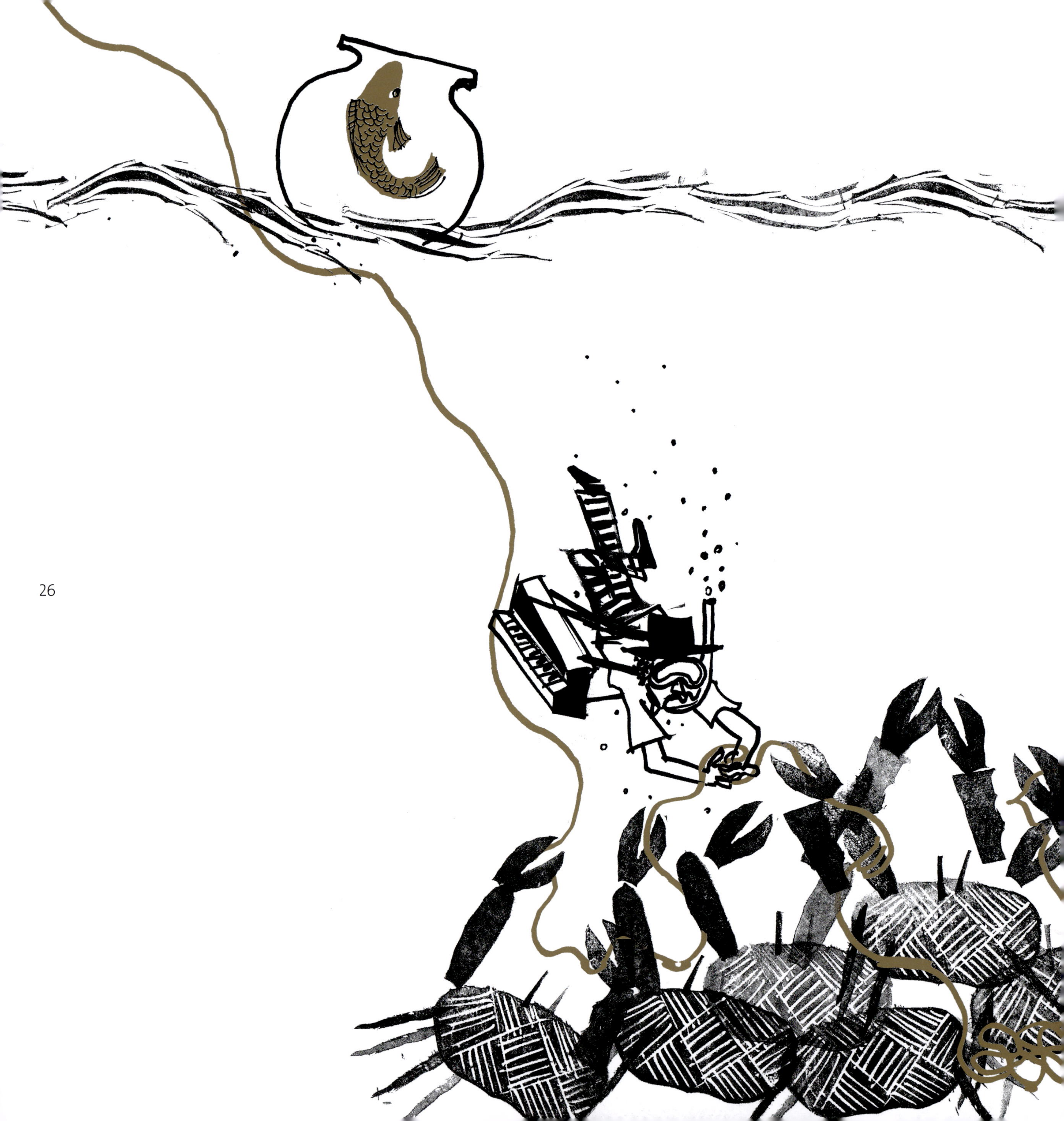

26

Em seguida, o rapaz foi para o mangue, e percebeu que os caranguejos haviam usado o fio para fazer seus ninhos.

Desfez todos os ninhos dos caranguejos e começou a escalar montanhas rochosas. Desenroscou o fio do espinho das plantas até chegar a uma praia.

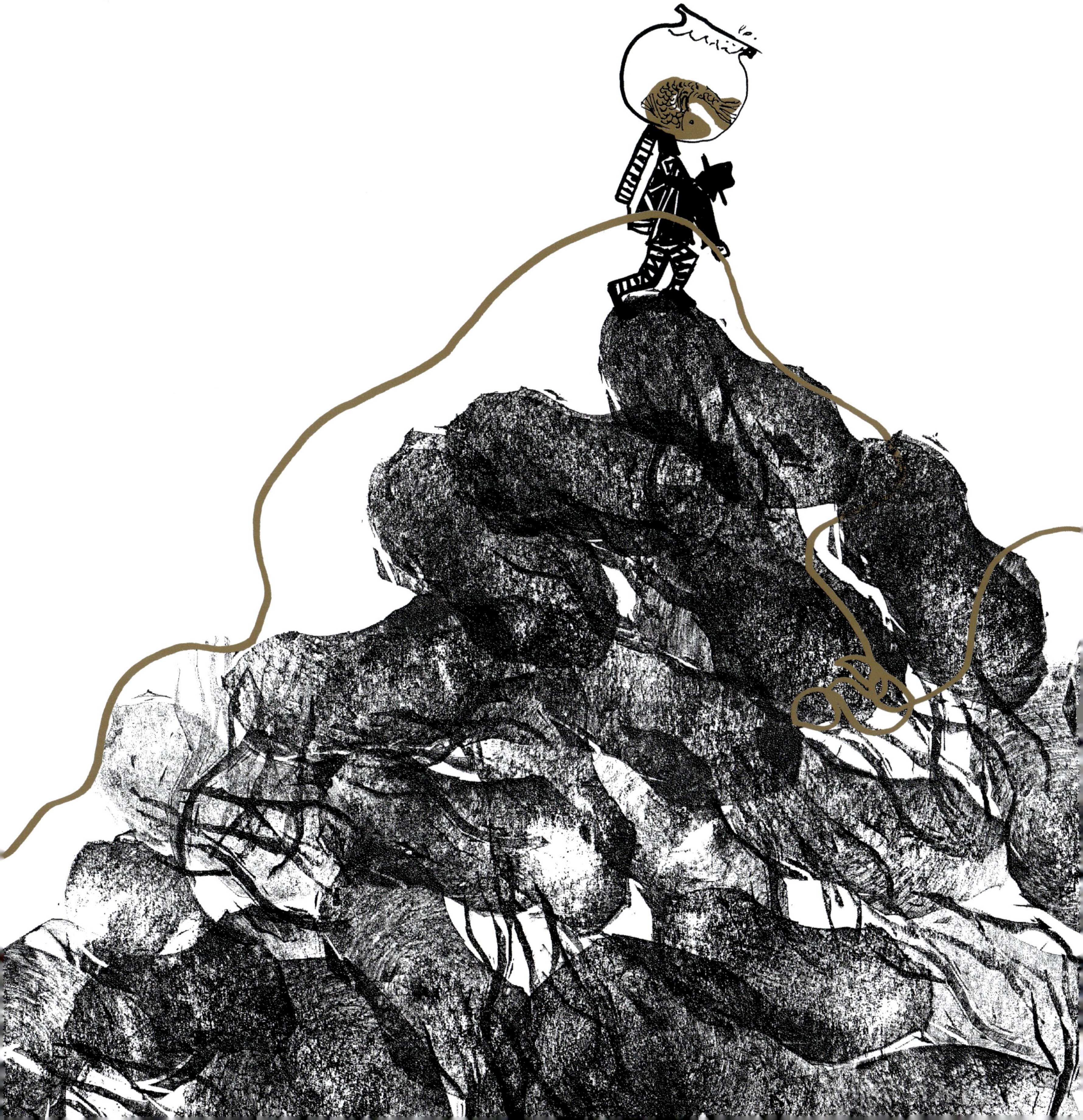

Nela, descobriu que os pescadores tinham tecido uma rede com o fio, porque, por ser ele muito forte, era perfeito para redes de pesca. O rapaz pediu licença aos pescadores e, explicando-lhes o motivo de sua missão, desmanchou a rede, desfazendo nó por nó.

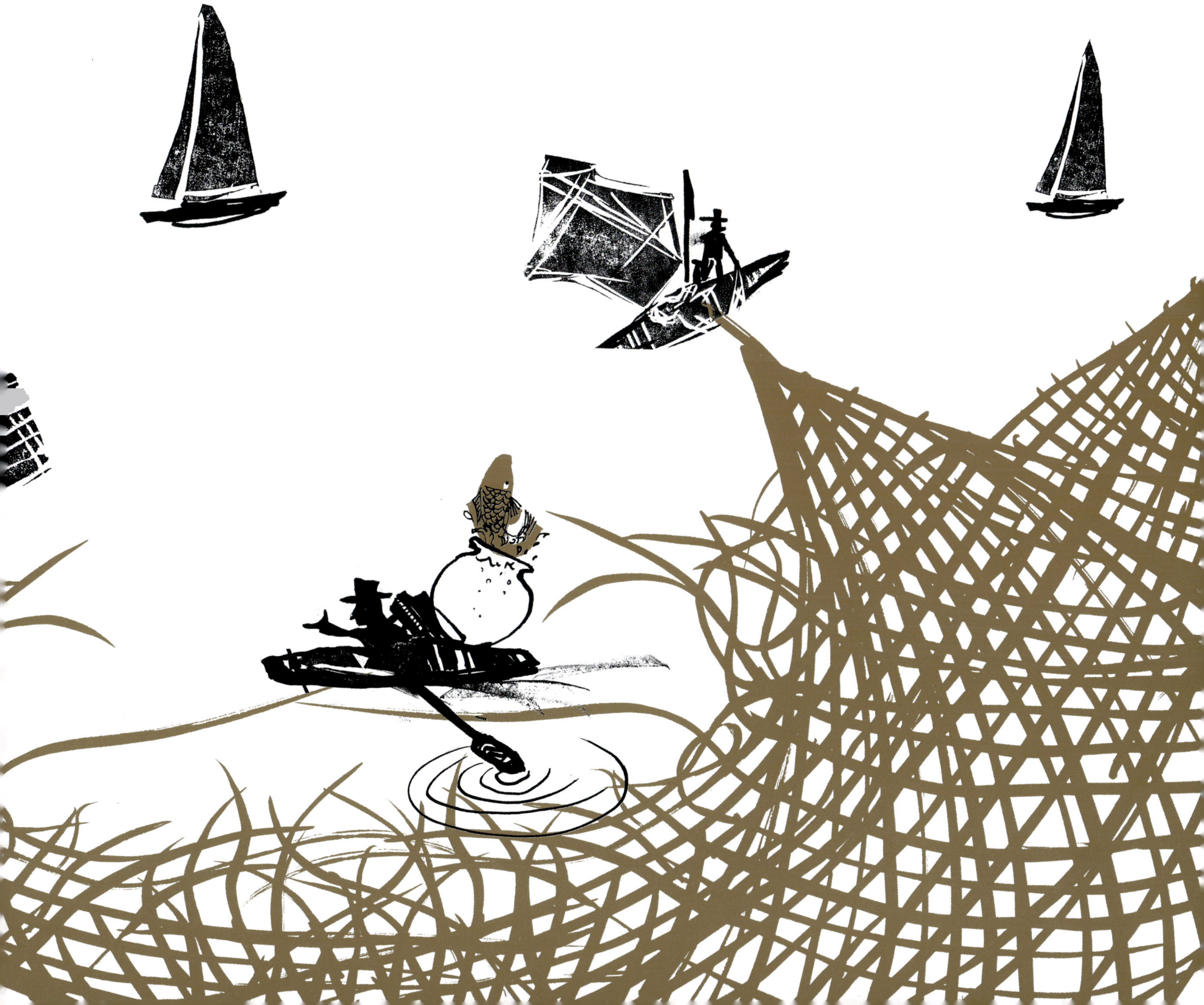

Durante a jornada, deu muitas voltas ao redor do mundo, deixando o fio cada vez mais solto. Mas ainda não havia chegado à outra ponta. Sem desistir, viajou ainda por muito tempo desemaranhando o fio com paciência e delicadeza.

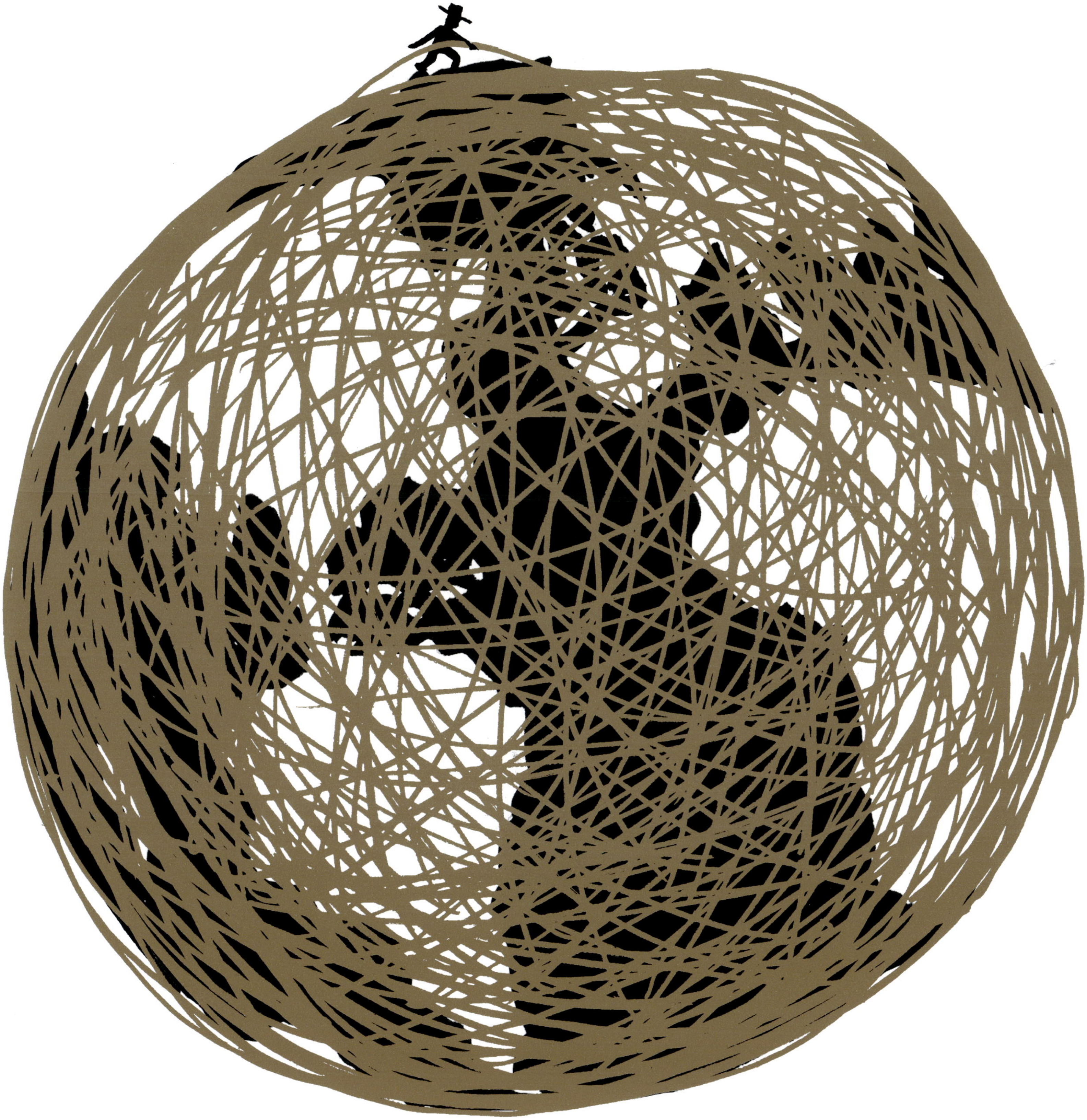

No castelo, a princesa começava a perceber os efeitos de tanto empenho do rapaz e sentia-se mais leve. Aos poucos, passou a cantar, a cumprimentar as pessoas e a tratá-las bem. O rei e a rainha ficaram surpresos, pois a princesa não era mais mal-humorada nem rabugenta.

Agora, quando alguém lhe trazia presentes, ela dizia:
– Que maravilha de anel, obrigada! Adorei! Que cheiro bom tem esse perfume! Que lindo sapato!

E assim o castelo ficou repleto de presentes maravilhosos, e a princesa, cheia de alegria. Sentia-se tão feliz, tão feliz, que certo dia resolveu dar um passeio.

35

O rapaz, por sua vez, quando voltou para sua casa, sentiu-se tão satisfeito por ter conseguido desemaranhar o fio, que se sentou em seu jardim, muito florido e perfumado, e começou a tocar a pianola.

Colocou o aquário com a carpa em cima do instrumento e tocou uma música alegre, e a carpa se pôs a dançar.

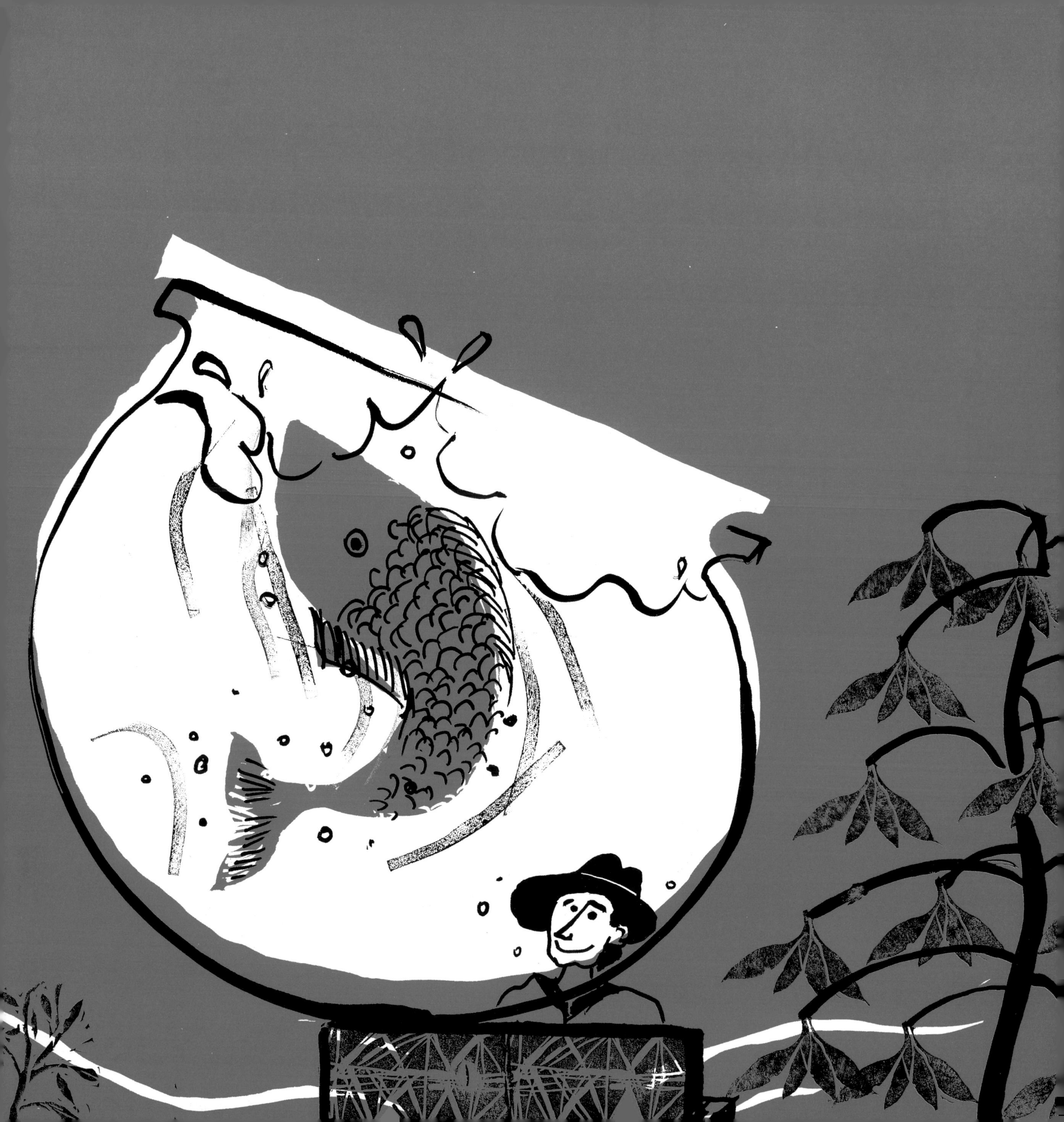

A princesa, que nunca havia se sentido tão bem na vida, resolveu dar uma volta nos jardins do castelo. Foi andando, olhando as flores, o céu azul e, de repente, escutou uma música ao longe. Curiosa, resolveu seguir o som até chegar ao jardim da casa do rapaz. Ficou tão encantada, que pegou o aquário com a carpa e também começou a dançar.

39

Voltando para o castelo, muito inspirada, decidiu fazer algo com aquele seu fio. Sentou-se em um tear e fez um tecido para a mãe. Quando acabou, o fio se soltou de sua cabeça. Mas imediatamente voltou a crescer, e ela começou a fazer tricô e crochê. Nos dias seguintes, durante as tardes, voltava ao jardim para encontrar o rapaz da pianola.

Um dia, marcaram a data do casamento, e a princesa fez o vestido de noiva e todo o enxoval com o fio.

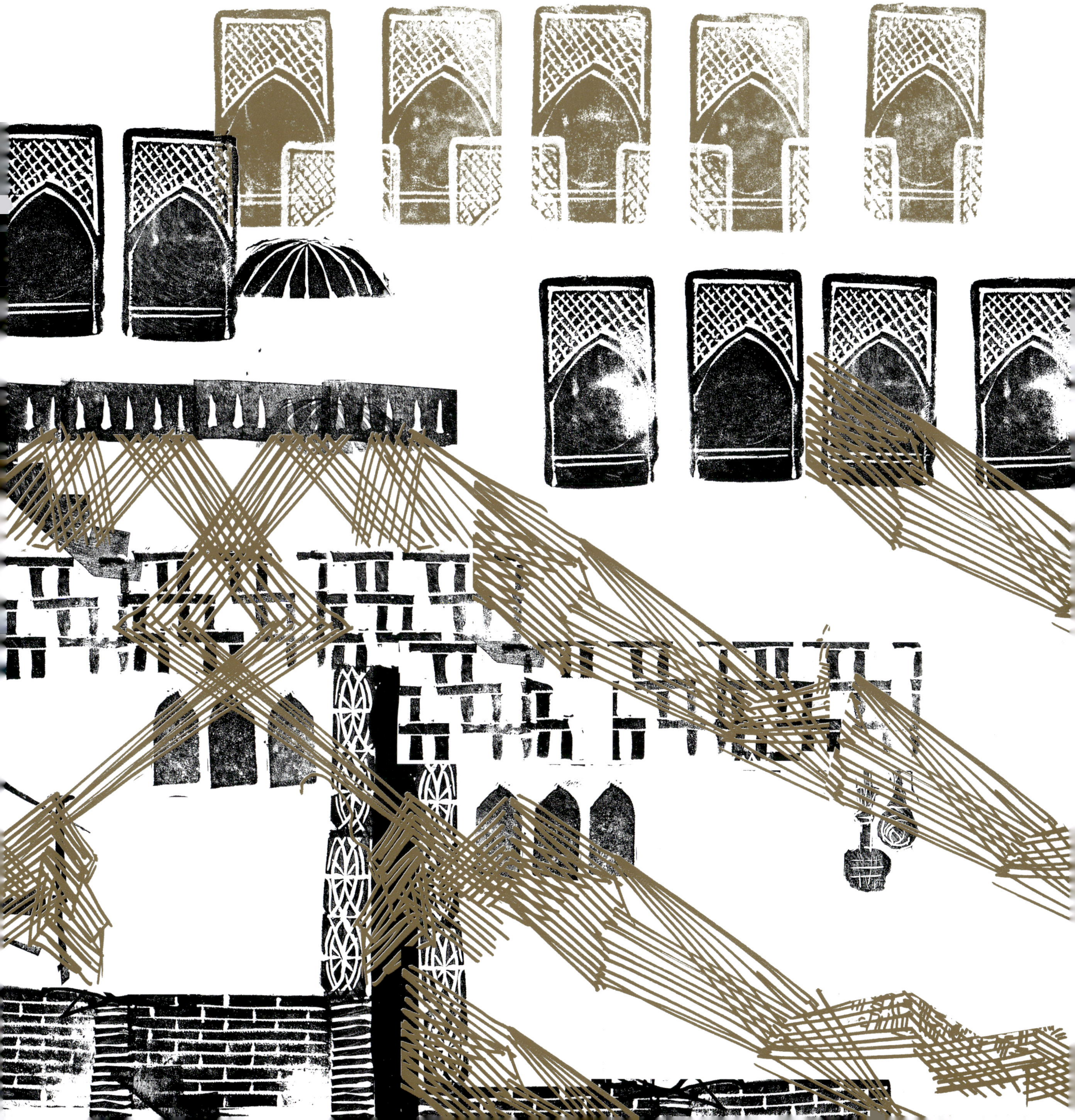

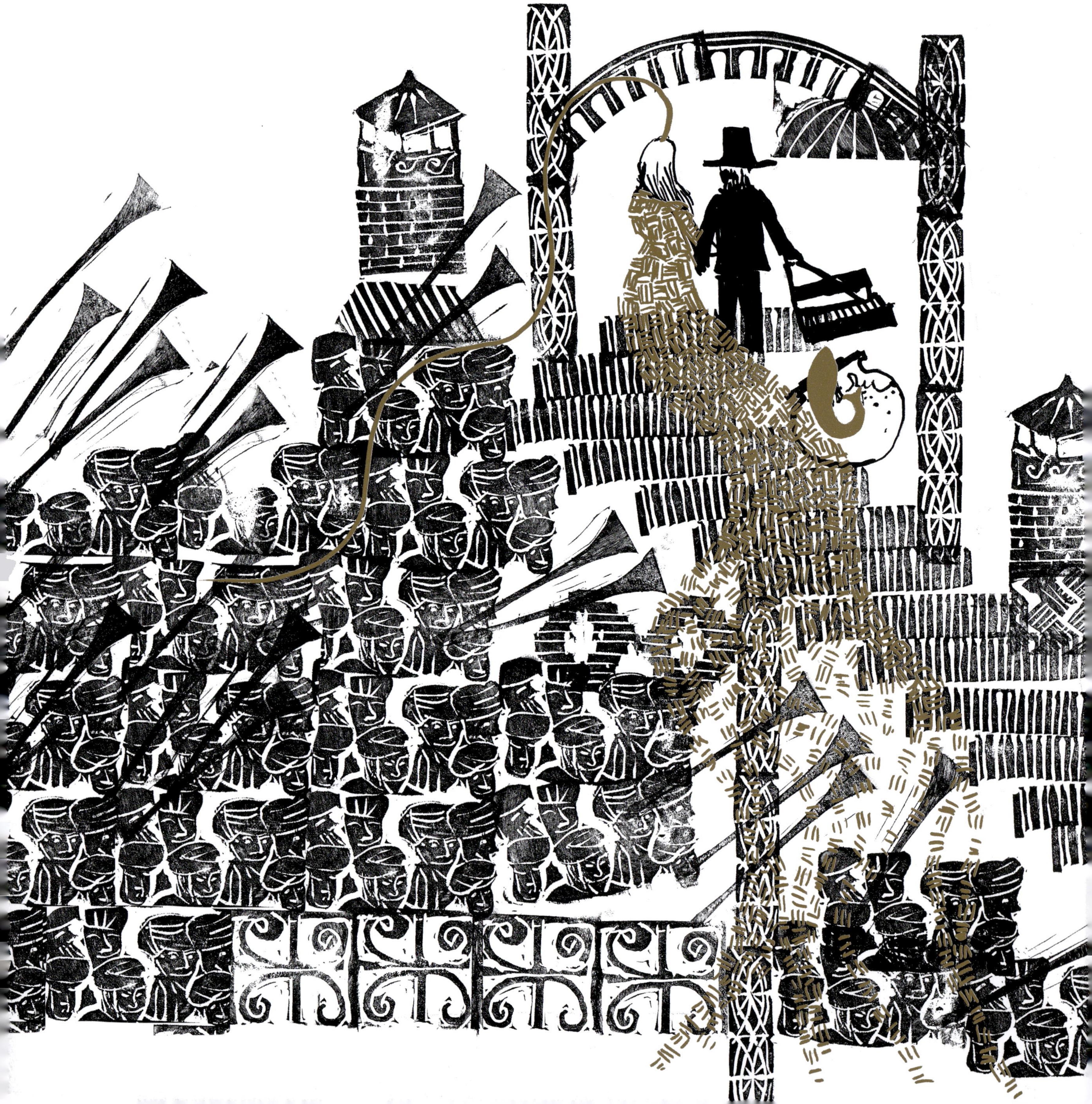

A princesa e o rapaz da pianola se casaram numa linda festa, com muitos convidados e um maravilhoso banquete. Um ano depois, tiveram um bebê. Todas as roupinhas e mantinhas foram feitas pela princesa com seu fio reluzente. As pessoas vinham de longe para conhecer os tecidos de fios iluminados.

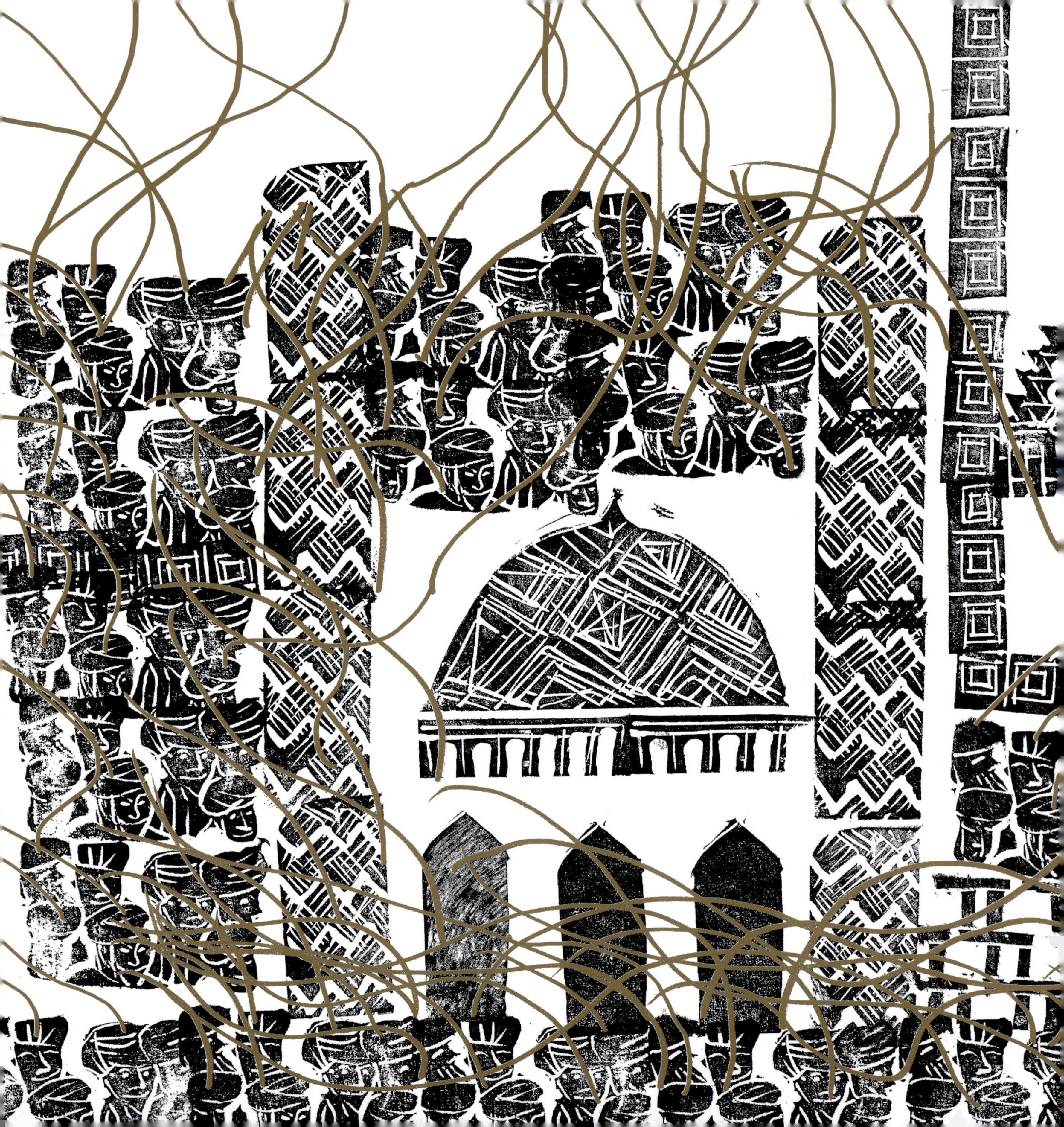

Com o passar do tempo, a princesa percebeu que cada um de nós tem um fio invisível no meio da cabeça: tem gente que faz desenhos com ele, outros jogam bola, outros pintam. Cada um usa seu fio do seu jeito.

Ela percebeu que o mundo é feito desses fios invisíveis que se entrelaçam, criando tudo o que há nele.

Stela Barbieri sempre gostou de inventar histórias. Desde criança ficava imaginando várias aventuras, mas só começou a contar para os outros o que criava na cabeça quando cresceu. A tradição oral de diversas culturas é o que ela mais gosta de contar. *A menina do fio* é uma das muitas histórias que ela mesma inventou e contou diversas vezes antes de se tornar livro. Além de autora e contadora de histórias, Stela é artista visual, educadora e curadora. Dirige o binah espaço de arte (@ateliebinah), em São Paulo. Atualmente realiza exposições, oficinas, cursos e ministra palestras no Brasil e no exterior. É assessora de artes visuais em escolas e museus. Dirigiu a Ação Educativa do Instituto Tomie Ohtake, em São Paulo, e trabalhou como curadora do Educativo da Bienal Internacional de São Paulo. Como contadora de histórias, apresentou diversos espetáculos em várias instituições culturais. Escreveu 28 livros infantojuvenis, dentre eles *Bumba meu boi*, publicado por esta editora. Seus trabalhos de arte, nos quais utiliza materiais como látex, vidro, líquidos, tecidos e também fios de muitas cores, já foram expostos em vários centros culturais e museus no Brasil. Seu trabalho pode ser visto no site www.stelabarbieri.com.br.

Fernando Vilela é artista visual, escritor, ilustrador, designer, professor e curador. Em 2005 e 2007, participou da Bienal Internacional de Ilustração de Bratislava, na Eslováquia, e em 2008 da Ilustrarte, em Portugal. Realizou ainda exposições em diversos países e, em 2012, expôs na Pinacoteca do Estado de São Paulo. Seus trabalhos estão em importantes acervos, como o do MoMA, em Nova York. Escreveu e ilustrou 25 livros infantojuvenis, dos quais o primeiro, *Lampião e Lancelote* (2006), recebeu em 2007 Menção Honrosa na categoria Novos Horizontes, na Feira Internacional do Livro Infantil de Bolonha, e dois Prêmios Jabuti. Teve também três livros incluídos no catálogo White Ravens. As ilustrações de *A menina do fio* foram feitas com pintura a nanquim e carimbos de borracha, produzidos pelo próprio artista com ferramentas de xilogravura, inspirando-se na arquitetura e em padrões decorativos de castelos e palácios do mundo islâmico. Alguns de seus trabalhos podem ser vistos no site www.fernandovilela.com.br.

Agradecimentos a vovó Elza Vilela, vovô Zé Pinto e Joska Barouk

*Copyright © 2013, Editora WMF Martins Fontes Ltda.,
São Paulo, para a presente edição.*

1ª edição 2023

Coordenação editorial
Fabiana Werneck Barcinski
Acompanhamento editorial
Helena Guimarães Bittencourt
Preparação
Alessandra Miranda de Sá
Revisões
Luzia Aparecida dos Santos
Sandra Garcia Cortés
Tratamento de imagens
Fernando Vilela e Carina Tiyoda
Edição de arte
Katia Harumi Terasaka Aniya
Produção gráfica
Geraldo Alves
Paginação
Moacir Katsumi Matsusaki
Impressão e acabamento
PlenaPrint

**Dados Internacionais de Catalogação na Publicação (CIP)
(Câmara Brasileira do Livro, SP, Brasil)**

Barbieri, Stela
  A menina do fio / Stela Barbieri, [ilustração] Fernando Vilela. – 1ª ed. – São Paulo : Editora WMF Martins Fontes, 2023.

  ISBN 978-85-469-0472-3

  1. Literatura infantojuvenil I. Vilela, Fernando. II. Título.

23-158174   CDD-028.5

Índices para catálogo sistemático:
1. Literatura infantil   028.5
2. Literatura infantojuvenil   028.5

Cibele Maria Dias – Bibliotecária – CRB-8/9427

Todos os direitos desta edição reservados à
Editora WMF Martins Fontes Ltda.
Rua Prof. Laerte Ramos de Carvalho, 133
01325-030 São Paulo SP Brasil
Tel. (11) 3293-8150
e-mail: info@wmfmartinsfontes.com.br
http://www.wmfmartinsfontes.com.br